Tus XXI remos

Tus XXI remos
© Amparo Trujillo Molina
© Editfuss, S.L.
c/Arroyo de Pozuelo, 109 • 28023 Madrid

Diseño editorial: Esstudio Ediciones
Primera edición: mayo, 2024
ISBN: 978-84-19781-76-5
Depósito Legal: M-12943-2024
Maquetación y preimpresión: Esstudio Ediciones
Imprime: DSIG, S.L.

El papel utilizado para la impresión de este libro no daña el medioambiente, por lo que está considerado como papel ecológico.

AMPARO TRUJILLO MOLINA

• • • •

Tus XXI remos

narrativa

esstudio
ediciones

Si me he decidido a contar esta historia después de tantos años, es porque deseo que llegue a otras vidas como llegó a la mía. Siendo niño recibí un regalo. Fue una misteriosa noche, en un puerto, el de Cartagena. Cada verano pasaba allí largas temporadas para estar con mi abuelo, que había sido marino, como también lo fue mi padre. Siempre me hablaba de sus infinitos viajes por el mar, de las más fascinantes aventuras y los mayores misterios, como tesoros encontrados en el fondo del mar. Y esta historia que os quiero narrar, os aseguro que es del todo real. Recibí, junto con sus palabras, que quedaron grabadas en mi mente, una llamativa ánfora. Pero lo más curioso de todo fue lo que guardaba en su interior: conté XXI diminutos remos, tallados cada uno de ellos en una fina madera, que traían símbolos entrelazados a unas letras, que según me confirmó pertenecían al primer alfabeto fenicio de la historia.

Y así me introduje en una leyenda, identificándome desde el principio con Ayin, su protagonista. Y he escuchado que aún siguen circulando por puertos y costas de todo el planeta pequeñas naves, que avanzan solas aparentemente en las noches estrelladas, dejando ánforas con remos tallados para que lleguen a otras manos, a otras vidas, y así encuentren su propia alquimia.

Ayin era un aventurero, e incansable buscador de sueños. Un navegante fenicio, impulsor junto con muchos otros del intercambio mercantil en el Mediterráneo hace ya miles de años. Estaban instauradas rutas que unían Oriente y Occidente, sin perder nunca la costa. Partían desde la franja siriolibanesa. Fueron los marineros del comercio más importantes de la historia. Llevaban mercado de metales, madera, vinos, cerámicas y lanas, aportando una gran riqueza, y son nombrados aún hoy día como los más destacados por tener como legado llevar su cultura, comercio y tradición a otros puertos. A otras tierras.

Ayin, en uno de sus viajes del Líbano a Cartagena, quiso indagar y buscar otros rumbos, alejándose de toda orilla visible. Partió, y a los pocos días de su marcha, una noche cerrada, el mar bravo y violento le arrastró, perdiéndole entre sus olas y haciéndole chocar contra una gran roca. Su pequeña embarcación fue demolida. Desapareció toda la mercancía que debía llegar a puerto, y lo más trágico de todo fue que sintió cómo también se hundía su vida. Se lastimó y magulló gran parte de su cuerpo. Sus brazos y sus piernas quedaron abatidos; pero gracias a la fuerza de su mente, y el palpitar agudo de su corazón, logró después grandes esfuerzos, subir a la cima de aquel peñasco. Y allí quedó, desorientado y confuso. Lejos de rendirse, miró al cielo buscando una respuesta en el infinito Universo, y luego se inclinó hacia la profundidad de aquel mar desde la infinita roca. En ese instante, una energía poderosa pareció anclarle a la tierra al tiempo que le elevaba a las estrellas. Desde allí, algo asombroso cambió el destino de su vida. Se compactaron de nuevo los restos de la madera de aquella pequeña nave que habían ido bordeando la roca, mientras él, agotado, había caído rendido en un profundo sueño. Y con el primer rayo de luz del amanecer, su mente se avivó, y su corazón lloró. La madera de aquel barco fabricado en los bosques del Líbano se convirtió de nuevo en balsa. Y en ese instante, se prometió buscar los remos necesarios en lo más profundo de su mar interior, para llegar a tierra y desde allí contarlo. Se activó algo intangible en él, que le derribó cualquier resquicio de temor a aquel mar. Bajó despacio por la asimétrica y descomunal piedra, de lado, buscando apoyo en sus cantos, hasta llegar al agua. Allí, rescatado por los trozos de madera de árboles para él ya sagrados, consiguió volver a tierra firme.

Las vivencias donde creyó estar a punto de perder la vida, lejos de ello, le hicieron reconocer su impensable fortaleza. La que hasta ese momento jamás había sido consciente que poseía. Y se prometió a sí mismo, cuando moribundo se vio pisar de nuevo tierra firme, volver a dar las gracias a los bosques del Líbano, y allí tallar los más bellos remos de madera, donde plasmaría en cada uno de ellos lo que sintió en tan rudo y trágico viaje, pero que le mostró su gran fortaleza interior, en momentos extremos de una vida.

Decía mi abuelo que él escuchó esta historia una noche en alta mar por parte de un marinero libanés. Y desde entonces lo guardó en su corazón y me lo contaba, más allá de un cuento o leyenda, como si hubiese sido real, porque así fue, por su trascendencia. Ayin mostraba una alquimia, la que todos poseemos y se encuentra en nuestra esencia.

Hace unas noches he vuelto a soñar con el mismo peñasco. Con ese navío fenicio, su ánfora, y los XXI remos que cuidadosamente desde entonces talló, representando cada uno de los misterios que nos pertenecen y muchas veces no reconocemos, pero que son los que nos hacen navegar y llegar a nuestros puertos. Los mismos de los que mi abuelo me hablaba. Y yo, ahora, frente al puerto de Cartagena, con un cuaderno, mis recuerdos de infancia, y acompañado por las mismas gaviotas que también fueron cómplices de esta historia, recuerdo a mi abuelo, a Ayin, a los bosques del Líbano, y a mis remos. Que son tus remos.

Los triunfos se enumeran en números romanos, pues son mucho más que números: son símbolos, que al navegar hacia tu interior te harán descubrir tu capacidad de encontrar nuevos comienzos.

XXI REMOS. Para viajar a tu interior, donde encontrarás aprendizajes, experiencias y peligros. Y crearás un mapa de niveles de conciencia. Y una vez que los descubras , tu equipaje irá siendo más pequeño, la curiosidad te despertará cada mañana. Y seguirás a tu intuición, poniendo nuevas palabras a cada uno de estos remos, que te harán llegar al puerto al que tu vida quiera llegar.

TUS XXI REMOS

Evolución
de conciencia

REMO I

Te mostrará tu propia magia interior al cogerlo entre tus manos. Y despertará en ti todo aquello que posees.

Trae talladas palabras que en todo viaje te hacen avanzar.

CREAR

«El triunfo de la vida es expresado mediante la creación».

HENRY BERGSON

Todo aquello que has creado y visualizado en tu mente solo precisa de tiempo, trabajo y perseverancia para materializarlo en tu presente. Tendrás muchas veces que derribar falsas creencias, patrones mentales, o hábitos pesados que debes soltar o identificar. Pero es algo que tendrás que analizar para todo aquello nuevo que quieras crear.

Cada una de las circunstancias que acontecen en nuestras vidas no son fruto de la casualidad, sino de nuestra manera de actuar.

Cada persona es dueña y responsable de los acontecimientos que van marcando y dirigiendo su camino. Por ello, crea la vida que te haga sonreír cada mañana al despertar. Busca entre tus valores y señales de tu intuición. La voz más valiosa es la de tu conciencia. Una vez que descubras que tienes el poder de crear, tu vida cambiará.

Pon el foco de tu atención en aquello que desees en lo más profundo de tu corazón, y ve a por ello, con firmeza y decisión. Si te cuesta, haz un pacto con el miedo, repitiendo constantemente que no le temes, hasta que se canse y se marche.

Eres dueño de tus pensamientos, y está en tus manos poderlos cuidar. Será un hábito que debes mimar. Solo liberarás tu potencial cuando reconozcas tu fortaleza interior.

HABILIDAD

«No ascendemos al nivel de nuestras habilidades, caemos al nivel de nuestras excusas».

PETER JAMES

La habilidad es ese talento que no necesita esfuerzo, pues te pertenece. Un regalo, un don que la vida te ofreció. Cuando aprecies que de una manera ágil, ligera y sin esfuerzo tus destrezas fluyen con el viento, detente ante ellas para observarte. Y observar un camino para desarrollar esas cualidades con las que puedas aportar tu semilla a la sociedad.

Además de las que te pertenecen y debes valorar, hay muchas otras en las que debemos poner énfasis para nuestro crecimiento personal. El autoconocimiento es vital, pues sin tus raíces y el aroma de tu esencia, ¿cómo quieres florecer?

REMO II

Los misterios de la naturaleza, unidos a tu intuición, te aportarán las más valiosas ideas para afrontar cualquier situación.

Incorpora en tu camino la reflexión y la prudencia, que unidas a la perseverancia te harán caminar o navegar con una gran firmeza. Todo ello fortalecerá y multiplicará tu poder interior.

Este remo trae talladas palabras que en todo viaje te hacen avanzar.

FORTALEZA

«En las profundidades del invierno finalmente aprendí que en mi interior habitaba un verano invencible».

ALBERT CAMUS

La fortaleza se alimenta cuando te comprometes contigo mismo, y diriges tu pensamiento hacia el conocimiento de nuevos puertos, que te hagan crear nuevos hábitos, mostrándote con sus faros tus puntos fuertes, los que te harán quitarle intensidad a cualquier dificultad. Identifica tus fortalezas, y nómbralas. Si por ejemplo entre ellas estuviesen el humor, la persistencia, y la apreciación de la belleza, te ayudarían a mantenerte a flote, y no perder el rumbo cuando bravas olas te azoten.

HUMILDAD

«Hay algo en la humildad que exalta extrañamente el corazón».

San Agustín

Todas las personas humildes que en los mares conocí, tenían en común que encontraban la felicidad en lo cotidiano. El amor, la amistad y el compartir con los demás, eran su fuente de bienestar y de riqueza. Allí mi mirada cambiaba, pues me hacía verme a mí mismo, y sentir mis emociones como hasta entonces no las había visto reflejadas en los demás.

REMO III

La verdad está en el sentir y en la intuición, y no olvidarnos de remar entrenando nuestro amor propio para avanzar.

Este remo trae talladas palabras que en todo viaje te hacen avanzar.

EQUILIBRIO

«Para conservar el equilibrio debemos mantener unido lo interior y lo exterior, lo visible y lo invisible, lo conocido y lo desconocido, lo temporal y lo eterno, lo antiguo y lo nuevo».

JOHN O´DONOHUE

La vida se mece como el mar. Muchas veces bravo, y otras tantas calmado. Y en mis viajes por el Mediterráneo, aprendí que esas olas violentas llegan con fuerza y sin permiso. Pero están un tiempo y se marchan. Al igual que esas casi inexistentes que a veces te aburren e incluso te entristecen.

Allí descubrí que todo equilibrio nace cuando conoces los extremos, y buscas ese término medio. Donde la excitación y la calma te muestran que aliadas con ellas llegarás a ese centro que te hace caminar con firmeza y seguridad. Te sentirás confortable, y con gran serenidad. Relajará a tu mente diciéndote que tienes todas las tablas para llenar tus momentos de felicidad.

PLAN DE ACCIÓN

«Los planes son inútiles, pero la planificación lo es todo».

Dwight Eisenhower

Cada fenicio, como incansable marinero, por mares y océanos llegaba a puerto. Me fascinaba que nada nos paralizaba, ni el agua ni el miedo, pues teníamos como aliado un propósito, aquel que daba sentido a nuestras vidas: que fuésemos recordados por la riqueza de nuestro comercio, el primer alfabeto, nuestras costumbres y cultura. Se creaban hojas de ruta, que minuciosas llevaban en ellas impregnadas siempre un gran plan de acción. Dónde, qué llevarían, quién lo enviaba, y a qué puerto iría destinado, era el primer requisito para que aquellos barcos partieran. Aquel rumbo diseñado con antelación, nos daba seguridad al alejarnos de la orilla.

Todo ello me enseñó a realizar también mis hojas de ruta, donde dibujaba mis planes de vida que conjugaba con minuciosos planes de acción.

REMO IV

Sabrás hallar soluciones cuando tus ideas creativas tomen fuerza, y tu imaginación sea fuente de inspiración.
Este remo trae talladas palabras que en todo viaje te hacen avanzar.

FIRMEZA

«Aprende a aguantar la controversia y
mantén tus principios con firmeza».

GUY KAWASAKI

Preciado carácter, el mayor regalo si aún no lo tienes, que te debes hacer. Pues no permitirá que de ti se abuse, ni que nadie te pueda manipular. Si crees que de él careces, siempre lo puedes fortalecer. Refuérzalo con cada una de tus pequeñas acciones, generarás con ello hábitos, y descubrirás ante tus ojos una nueva firmeza, que se asentará en forma de ser. Te dirá quién eres, lo que quieres, y lo que no estás dispuesto a vivir ni tolerar.

ESTABILIDAD

«Hay que buscar el equilibrio en el movimiento y no en la quietud».

BRUCE LEE

Todo marinero fenicio tenía por premisa un entrenamiento de fondo antes de dedicarse a la mar. Llevados por nuestro deseo de comerciar, éramos formados por grandes sabios para que la riqueza y la cultura de nuestro pueblo fuera conocida y compartida más allá. Algo que aprendí y experimenté en todos aquellos viajes, y que tantas veces nos repetían, era esta palabra grabada que os quiero mostrar. Nos decían que la estabilidad solo la encontraríamos en nuestra mente y en nuestra forma de pensar. Que debíamos dedicar tiempo a conocernos, asentar paciencia, actitud, y reconocer la calma interior. Pues ni en los barcos, ni en el mar, ni en tierra firme está asegurado ni el equilibrio ni ningún tipo de estabilidad. Solo la encontraríamos en nuestro interior, y desde allí sabríamos aceptar, estabilizar, y lidiar cualquier brava tempestad, o inesperada situación.

REMO V

La aceptación es un costoso trabajo. Cuando conectamos nuestro interior con nuestro exterior, se crea una complicidad exquisita entre el pensamiento y lo que la vida nos presenta para avanzar.

Este remo trae talladas palabras que en todo viaje te hacen avanzar.

MEDIACIÓN

«La paz no es la eliminación de las diferencias, sino simplemente el manejo constructivo de las mismas».

WILLIAM URY

Los conflictos forman parte de nuestras vidas. Y tanto externos como internos, necesitan ser escuchados para ser superados. Mediar. Qué postura difícil de abordar, pero precisa; pues cuando comienzas a visualizar acuerdos por ambas partes, y eres consciente de que es normal, que seamos diferentes, y con distintas formas de pensar, intentas, sin juzgar y con respeto, escuchar unas necesidades que no son las tuyas, pero sí las de otro. Y eso ayuda a lidiar y afrontar el conflicto hasta llegarlo a derribar. Y si para mí es importante es por algunos de mis conflictos, que me llevaron a conocerme mejor, y entender que cada persona tiene su misión.

COMUNICACIÓN

«La forma en que nos comunicamos con otros y con nosotros mismos, determina la calidad de nuestras vidas».
ANTHONY ROBBINS

En todas las grandes discusiones y conflictos que tuve a lo largo de mi vida, encajaba algo en común: su mala comunicación. Y al observarlo de forma tan clara, busqué los talentos que tenían aquellas personas que generaban relaciones de vínculo y conexión. En todas ellas encontré lo mismo: escucha real y activa, curiosidad por saber, asombro por descubrir, motivación por entender, y una gran empatía difícil de describir.

Sin juzgar, sin querer cambiar al otro a nuestro antojo o voluntad, sino que miraban a otros ojos para reconocer otra realidad.

REMO VI

A lo largo de la vida surgen dilemas frente a una elección. Para ello, es siempre bueno tomar un tiempo de reflexión; pero hay una ley que siempre estará ahí presente, que será la de tu libre albedrío. El tiempo es un gran aliado, pues todo merece ser cuidadosamente pensado.

Este remo trae talladas palabras que en todo viaje te hacen avanzar.

ELECCIÓN

«El principio más fuerte de crecimiento humano radica en la elección».

MARY ANNE EVANS

Cada una de mis elecciones tomadas crearon mi destino. Muchos de aquellos pasos me exigieron valor, pero la última palabra la tenía yo. Fui consciente de que somos los únicos responsables, y como a veces cuesta asumir riesgos, intentamos implicar a otros, y culpar a las circunstancias, cuando tenemos que asumir que está solo en nosotros la capacidad de elegir.

La vida es un continuo riesgo, por ello es tan importante conocernos, para no guiarnos por otros caminos que no son los nuestros, y que tengamos la valentía de asumir cambios en los cruces en los que tengamos que elegir, y así transitaremos y crearemos el destino en el que queremos vivir.

La vida es subidas y bajadas, como las olas y las montañas; solo cuando seamos conscientes de ello, y responsables de lo que queremos vivir, miraremos a los demás como compañeros de viaje, con los que no siempre compartiremos los mismos senderos.

CAMINO

«No sigas el camino. Abre el camino».
JORDAN BELFORT

Planeamos unas cosas, y la vida nos trae otras. Unas veces sorprendentes y maravillosas; otras nos muestra encrucijadas y adversidades que nos hacen tambalearnos, incluso paralizarnos. En esos momentos es donde aflora el coraje humano, ese que poseemos pero que no somos capaces de reconocer hasta que vemos cómo nos ayuda a levantarnos y a crear con ello nuevos senderos que se van construyendo paso a paso, con diminutas metas, nacidas de una gran introspección.

REMO VII

La vida es cambio, y transformación constante. Señal de progreso y evolución. La naturaleza es maestra en mostrarlo a cada instante.

Este remo trae talladas palabras que en todo viaje te hacen avanzar.

TIEMPO

> «En el fondo de nosotros mismos siempre tenemos la misma edad».
>
> GRAHAM GREENE

«¿Qué es el tiempo?», me preguntaba tantas y tantas veces intentando comprenderlo. Somos nosotros mismos en acción, con unas manecillas propias de reloj, acompasadas a nuestros pasos, que se relajaban o aceleraban según tu edad, tu momento o circunstancia. Ese tiempo que pasaba sin avisar. Que no entendía de condiciones, clases o dinero, sino que hablaba de engranajes de vidas, en esas secuencias de tiempo para mostrarnos todo aquello que habíamos venido a aprender. Os tengo que decir que ese sí lo hice, fue labrando mi futuro viviendo mi presente. Unas veces aligeraba esas manillas y otras tantas las frenaba. Me costó, pero con los años me hice dueño de mi tiempo, así fui logrando cada uno de mis sueños. Pues cada vez que me embarcaba en conseguir el siguiente, me ponía mis tiempos pertinentes.

MEDITACIÓN

«Sin la meditación la vida carece de perfume, de amor».

JIDDU KRISHNAMURTI

Desde niño reconozco que huía en muchas ocasiones del exceso de ruido. Generaba en mí tal bienestar, y daba tantas alas a mi imaginación, que realizaba cada una de mis tareas siempre lo más cercano a los bosques o a la ruta de alguna pequeña canoa por el mar. La naturaleza me acompañó a conocer mi profundo «Yo»: respiraba hondo, dejaba mi mente ligera. Miraba al cielo, a la tierra, y me fusionaba con ellos, llogrando un equilibrio interior que, por mucho que mi exterior se tambalease, al sentirse mi mente tan descansada, llegaba a dialogar con mi alma que siempre me daba la opción de la mejor versión para caminar hacia mi plenitud.

Y algo curioso, siempre aprecié que era importante cuidar y mimar aquello a lo que le dábamos permiso para entrar en nuestra mente, pues tenía una gran fuerza, y muchas veces no paraba hasta verse presente. Si fuésemos conscientes de lo importante de meditar, de escuchar al silencio, nos sorprenderíamos con más valiosos regalos. Como apagar el continuo ajetreo de nuestra mente, y llegar a tener una conexión directa con ella.

REMO VIII

Las leyes fueron establecidas para que la equidad y la honestidad se asentasen a lo largo de los siglos.

Este remo trae talladas palabras que en todo viaje te hacen avanzar.

JUSTICIA

«Estos son los mandamientos de derecho: vivir honestamente, no ofender a los demás, y dar a cada uno lo suyo».

Domicio Ulpiano

Donde sientas que hay paz estará presente la justicia. A toda persona justa la reconocerás por su manera de obrar: viven de manera honesta, sin dañar, ni se creen con más derechos; por el contrario, intentan dar a cada quien lo que le pertenece. Tienen una madurez que refleja en cada uno de sus actos una gran sabiduría.

Un valor incalculable que debemos atender, pues vela por el bien común, a través de sus acciones.

ORDEN

«Con orden y tiempo se encuentra el secreto de hacerlo todo, y de hacerlo bien».

PITÁGORAS

En las naves era preciso el orden para aprovechar el mayor espacio para la cabida de enseres y productos de comercio. El vivir así tantos meses, fue integrándose también en mi propio orden interno. Reconozco que lo que más me llamaba la atención era que además de aligerar el amueblado exterior, a mí me transmitía calma, y algo que despertó en mis hábitos fue una disciplina de la que antes carecía. Y la veía reflejada en el quehacer de mi trabajo, y en mis actos.

REMO IX

La soledad y la introspección te llevarán a conocer tu propio interior.

SOLEDAD

> «La soledad es la gran talladora del espíritu».
>
> FEDERICO GARCÍA LORCA

Cuando conseguí llegar a tierra después de mi trágico viaje en el mar, estuve encerrado un tiempo en mi soledad. Conocí la tristeza, y una gran incomodidad en mi interior; pues necesitaba estar a solas, pero no sabía, como tampoco sabía hacia dónde ir, ni que quería para mi vida. Y una mañana, después de meses de paciente escucha, al despertarme, unos rayos de luz acariciaron mi rostro. Respiré hondo, dejándome llevar, y alimentándome de un silencio que hasta ese momento no había reconocido en ningún lugar, mi mente recibió un regalo, que fue desenvuelto con curiosidad, y despacio vio desplegarse cada uno de mis cinco sentidos. Todos ellos avivaron lo que atesoraba a mi alrededor: el cantar de unos pájaros, que siempre habían estado allí, y hasta ese momento no había reconocido, el aroma de aquellas plantas, y la robustez de aquellos árboles. El mayor regalo de mi vida: la soledad. La que me hizo mirarme hacia dentro y encontrar así mi propósito vital. Allí comencé, en la arena, a orillas de las raíces de aquellos árboles, a dibujar palabras que fluían de mi interior. Y al ver que la brisa del amanecer las borraba decidí que los árboles fueran cómplices de que todas ellas fuesen talladas.

PENSAMIENTOS

«Una vez despertado el pensamiento no vuelve a dormitar».

THOMAS CARLYLE

Desde que guardé en la primera ánfora los XXI remos, fui consciente de que utilizaría su simbología, sería una gran aliada, y tendría repertorio para tener mayor control sobre mi pensamiento.

Indomables pensamientos, de los que siempre nos decían nuestros mayores que intentásemos amasar y moldear con nuestras mentes a nuestro mejor antojo. Que a todos aquellos que nos hiciesen sentir plenos y desarrollar nuestros talentos los acogiéramos, y les reservásemos un rinconcito con nosotros. Pero todos aquellos que nos consumiesen u oscureciesen cualquier paso que con energía quisiésemos dar los intentásemos hacer pequeños, cada vez más insignificantes, para que así desapareciesen, y ayudar de esa manera a que mi persona no se perjudicase.

Tenemos el poder de moldear nuestros pensamientos; lo comprobé, por ello lo dejo reflejado también en los remos: haz que sean tus aliados, no les permitas que te dominen, o que ganen tus batallas.

REMO X

La vida es movimiento. Gira sin cesar como el destino. Y cada uno de los acontecimientos, sigue su rumbo sin cesar.

Pon siempre en acción tus iniciativas, y avanza hacia tu destino.

Este remo trae talladas palabras que en todo viaje te hacen avanzar.

VIDA

«La vida se encoge o se expande en proporción a tu coraje».

Anais Nin

¿Qué es la vida?... Una gran aventura que debe ser vivida. Consiste en aprender, aprender y aprender. Desde que nacemos hasta que partimos. Una sucesión de lecciones que te enseña al ser que eres.

En ella descubrí que el perdón era vital para avanzar. Que quién era yo para juzgar a nadie, si todos estábamos aprendiendo de la mejor manera que podíamos, pues nadie venía con las lecciones aprendidas.

También aprecié que todo aquel que no había encontrado sentido y propósito a su vida, no envejecía de la misma manera, pues ni pasión ni entusiasmo se colaba en su desgastadora rutina y monotonía.

MOVIMIENTO

«Movimiento es el paso de la capacidad al acto».

ARISTÓTELES

Sin movimiento, la vida desaparecería. Todo en ella gira, avanza y evoluciona, y nosotros como especie, ¿qué podemos esperar? Es una continua transformación y avance que precisa de pequeños y grandes pasos, en función de lo que cada uno quiere lograr, o de las barreras a las que te tengas que enfrentar.

La vida, como el agua, fluye sin cesar; si todo es movimiento, ¿por qué es algo que nos cuesta tanto aceptar?

DESTINO

«¿...Qué busca? Tal vez busca su destino. Tal vez su destino es buscar.

Octavio Paz

¿Qué es el destino?, me preguntaba muchas veces. Y después de fijarme en cada uno de mis pasos dados para llegar a mis retos, fui consciente de que cada decisión tomada fue lo que mi destino indicó. Y no podía culpar o nombrar a nadie en mi nombre, pues no tendría ningún sentido.

Por las noches miraba a las estrellas, y en ocasiones me guiñaban con sus luces que éramos semejantes a ellas. Que viésemos nuestra propia luz facilitaría guiarnos hacia ese destino dibujado por nosotros. La tierra, el viento o las mareas podrían dirigir los remos a nuestro puerto.

Nunca me conformé con aquello que no me hacía sentir pleno; por ello era un incansable buscador, que agradecí, guiado siempre con quien hice un pacto, que fue mi intuición. Pequeñas luces tenues abrían paso a mi camino, dibujando mi destino.

CAMBIO

«El cambio es la única cosa inmutable».
ARTHUR SCHOPENHAUER

Nunca entendí cómo al hombre le pesa tanto el cambio, cuando es tan preciso si queremos vivir.

Si observamos a nuestro alrededor, no encontraremos nada estático, pues carecería de valor. En la vejez, fueron pasando por mi memoria cada uno de los capítulos de mi vida, y fue sorprendente lo que descubrí en cada uno de ellos, y que en todos sucedía. La misma estructura: ese comienzo, su desarrollo, y un final o cambio de ciclo, para que mi libro, mi vida, pudiese ser plena y poder avanzar. Muchos capítulos me costaba cerrarlos, por un miedo atroz a lo que pudiese pasar, ralentizando el final, hasta que rendido por mi aburrimiento o pesar, conseguía pasar página, muchas veces tembloroso, pero curioso por ese nuevo inicio, que en el fondo mi camino ansiaba dar.

En el momento que reconocí que todo tiene un para qué, y me guie al son de mis olas, la incertidumbre se hizo mi aliada, y desde mi zona de confort abrí puertas y puertas, donde descubría nuevas vivencias, oportunidades y sorpresas, que me hicieron conocer y conocerme más ampliando mi manera de pensar.

Vi a mucha gente anclada en lugares que ya no deseaban, ni les permitían evolucionar. La incertidumbre les aterraba de tal manera que les limitaba, perdiendo en el camino la plenitud de su bienestar.

Sin embargo, también conocí vidas intensamente vividas, donde avanzaban, abrían y cerraban puertas en búsqueda de su realización personal.

FORTUNA

«La suerte es el cruce de la oportunidad con la preparación».

SÉNECA

Cuando escuchaba decir de alguien que la suerte le acompañaba, me fijaba en ellos para ver qué tenían entre sus manos y su mente para que todo eso se diera.

Y observé, en situaciones que se les presentaban, que ante cualquier opción que no les era válida, no se recreaban. Rápidamente, buscaban otras salidas, y allí encontraban oportunidades.

Decían que siempre estaban presentes en sus vidas el azar, la suerte y la fortuna. Lo decían tan seguros de sí mismos, que me parecía que la creaban ellos y la amoldaban a sus deseos.

REMO XI

Te ofrece los recursos para dominar todas las situaciones. Te ofrece un vigor interno, una extraordinaria vitalidad, abriga las mejores esperanzas de éxito. Confía en tu poder.

Este remo trae talladas palabras que en todo viaje te hacen avanzar.

RECURSOS

«Produce una inmensa tristeza pensar que la naturaleza habla mientras el género humano no la escucha».

Víctor Hugo

La naturaleza es nuestra mayor maestra. Los aprendizajes más profundos los adquirí de ella. Dedicaba horas expresas a observar sus árboles, aves y plantas. Sobre todo, cuando más me mostraban era cuando mis emociones estaban alteradas. Me ayudaban a encontrar mis propios recursos vitales, aquellos que yo hasta entonces desconocía. Cuando fui consciente de que todos ellos los atesoramos escondidos en nuestro más profundo interior, allí me retiraba, al silencio embriagador, que ante cualquier situación me clarificaba lo que tenía de positivo o negativo, cada vivencia o acción. Y desde ahí se desplegaban emociones que colocaban mi realidad.

VIGOR

«El vigor del alma, como el del cuerpo, es fruto de la templanza».

Jean-François Marmontel

La fuerza de voluntad mueve montañas, y es capaz de llevarte al destino que sueñes lograr. Debes guardar la voluntad con mimo y tesón en la mochila de cada una de las aventuras de tu vida. Es querer; y cuando realmente quieres algo desde lo más profundo de tu corazón, un palpitar bailarín no cesará hasta llevarte a la acción con determinación. Tomarás decisiones apartando a tus miedos, pues no tendrán suficiente peso ante tu misión.

FUERZA

«Nunca conoces tu fuerza, hasta que la pruebas».

DAVID BOREANAZ

Nunca pensé hasta que lo viví al ser derrotado en alta mar, que tenía una fuerza ilimitada que me sorprendió. Y lo más curioso de todo es que brotó de mi interior. Mi instinto de supervivencia la despertó. Allí, en medio de mi soledad, donde mis emociones me mordían, arañaban, hablaban y gritaban, conseguí entrar en diálogo con cada una de ellas. Y fui consciente con todo lo que viví de que nuestra capacidad de resiliencia, tantas veces puesta a prueba, nos demuestra que no tiene límites, pues nuestro instinto de supervivencia actúa contra cualquier tipo de corriente, cuando encuentras no un porqué, sino un para qué de nuestra existencia.

Fue en aquel momento, el más duro de mi vida, donde mi alma me mostró con la caricia de una palabra cuál era mi propósito vital.

VITALIDAD

«La vitalidad se revela no solamente en la capacidad de persistir sino en la de volver a empezar».

F. Scott Fitzgerald

Trabajamos nuestro cuerpo, inventando y creando deportes que nos generan un gran bienestar; pero de nada nos sirve si no lo integramos con ejercicios que fortalezcan también nuestro ser interior. Os confieso que en mi tabla de ejercicios diaria incorporo estas series que equilibran mi cuerpo y mi mente.

Me digo: «Claro que puedo...» con convicción.

Intento buscar respuestas, entre ese negro que a veces se presenta y ese blanco que ansío. Y os digo que cuando le dedico tiempo y paciencia, gamas de colores me dan mil opciones.

Me pongo el despertador cada mañana, para que mis ojos aprecien los primeros rayos de luz que nos regala ese nuevo día.

Me abrazo, y me quiero.

REMO XII

Materializa cada uno de tus proyectos. Muévete, y no estés en situación de espera. La pasividad bloquea. Y la resignación desdibuja cualquier etapa que en tu vida se presente. Alíate con la paciencia, tu mejor confidente.

Este remo trae talladas palabras que en todo viaje te hacen avanzar.

MATERIALIZACIÓN

> «Materializa la espiritualidad, hasta hacerlo palpable, y espiritualiza la materia, hasta hacerlo visible».
>
> JACINTO BENAVENTE

Recuerdo el día en que mis pensamientos y sentimientos se aliaron con fuerza para expresar los XXI remos, que en mi mente llevaban tiempo trabajando para encontrar la manera de ser expresados.

Lo que mis vivencias me habían aportado, y el hecho de querer dejarlas como legado, me llevaron a crear una realidad tangible. Materializar lo que en un principio fue esbozando y asentado en mi imaginación, en otro campo llamado cuántico, donde planté primero la semilla de aquellos remos. Y fue tal mi deseo, y la certeza de lograrlo, que hoy está en vuestras manos.

Si quieres que cualquier campo de tu vida florezca, alinea tus pensamientos con tus sentimientos. A veces no es fácil, porque arrastramos viejas creencias que nos paralizan o bloquean. Búscalas, en silencio, con coherencia y un grado alto de relax. Así las reconocerás y las podrás superar. Es la manera de que habites y materialices la realidad que te atrevas a crear.

Observa siempre atento a tu alrededor, está todo a nuestro alcance. Lo acariciarás cuando tus pensamientos y tus sentimientos sean regados por igual.

PACIENCIA

«La paciencia no es la capacidad de esperar, sino la habilidad de mantener una buena actitud mientras se espera».

JOYCE MEYER

Sin paciencia logré poco de todo aquello que ansiaba. Sin embargo, cuando descubrí que es un arte como cualquier otro, mi vida cambió, y fui recibiendo regalos inesperados que la vida me tenía reservados.

Todo comenzó el día que planté una semilla con un propósito: el de llevar mis letras entre ánforas alquímicas a otros puertos y a otras tierras. Calmé mi ritmo frenético de conseguirlo todo «ya». Regaba con mimo cada momento, cada instante, con tesón, perseverancia y una fe inamovible ante un propósito que nacía, como esa semilla, de mi más profundo interior. Y cuidaba de que solo se acercase a aquel cultivo lo que me aportase apertura y posibilidades; el resto lo retiraba, si solo era freno y nada aportaba.

ETAPAS

«Cada etapa de la vida tiene valiosas lecciones para aprender».

LAILAH GIFTY AKITA

La vida nos ofrece a cada uno de nosotros un guion en blanco, con una estructura movible y flexible, pero con unos puntos de referencia que según avanzamos se nos van mostrando.

Nuestras necesidades cambian, así como nuestra mente crece y nuestro cuerpo envejece. Todo forma parte del ciclo vital. Yo descubrí en cada uno de mis desafíos y ofrecimientos de la vida que, según maduraba, los frutos que iba recibiendo me venían de las sonrisas generadas en otros y de mi sonrisa interior; pasando a otro plano cada vez de menor valor todo lo material, dando un mayor sentido a lo espiritual.

EXISTENCIA

«El privilegio de una existencia es llegar a ser quien eres realmente».

CARL GUSTAV JUNG

Recuerdo, siendo joven, cómo mi padre, una noche después de cenar, y una semana antes de incorporarme en mi primera nave a la mar, me dijo: «Comienzas una vida profesional, que acaparará gran parte de tu vida. Si no te gusta, no te entusiasma y no te hace evolucionar, busca, investiga, pregúntate. Curiosea como cuando eras niño, no te conformes si no te reporta felicidad. Si no es así, ¿qué vida tendríamos? Por eso, Ayin, busca tus dones. Los encontrarás en aquello que se te da bien, y sorprendentemente observarás que no tendrás que hacer esfuerzos, pues lo encontrarás entre tus talentos».

REMO XIII

La renovación se encuentra en nuevos puntos de partida. Al principio te puede abrumar, generar excesiva incertidumbre, incluso melancolía o tristeza, hasta liberarse muchas veces del lastre del pasado. Y debe ser así, si se desea evolucionar. Verás la paz y la tranquilidad volver a asentarse en tu existencia vital.

Este remo trae talladas palabras que en todo viaje te hacen avanzar.

RENOVACIÓN

«El valor está en la renovación, en volver a mirar con los ojos limpios y puros».

OUKA LEELE

La renovación es un acto de necesidad, cuando un ciclo vital te pide ser cerrado porque se ha estancado o no te permite evolucionar. Solo así daremos inicio a otro, que está esperando para ser vivido como lo fue el anterior en tu camino. Irán apareciendo situaciones y circunstancias para posicionarte aún más. Pero solo tu valentía dará nuevos pasos con firmeza hacia ese cambio para tu evolución personal. Como esa flor que renueva sus pétalos cada año, sin perder su esencia ni su aroma. Así debemos ser nosotros: renovarnos para crecer y avanzar, sin perder nuestra esencia, que es vital.

DISCIPLINA

«La verdadera disciplina no se impone. Solo puede venir del interior de nosotros mismos».

Dalai Lama

Algunas veces llegué a pensar que lo que me salvó de aquel bravo viaje inesperado en el mar fue la suma de todo mi trabajo interior, aquel que afloró cuando las fuerzas físicas se derrumbaron. Y si este pequeño remo lleva atesorada la palabra «disciplina», es porque para mí fue vital en mi vida. Fue mucho el entrenamiento en pequeños botes hasta que me pude considerar marinero. Pero fue tal mi empeño y pasión

por ello, que creaba hábitos que respetaba, y perseverancia aunque a veces costaba, y un continuo conocimiento de la sabiduría de nuestros ancianos, y de la
belleza y cultura transmitida de un alfabeto que dio
vida a los siguientes, en otros lugares y otros siglos.

EQUIDAD

«Nunca he pretendido que me tengas
por superior, a condición de que no
me tengas por inferior».

GONZALO TORRENTE BALLESTER

Siempre vi en nuestra conciencia la llave maestra
para vislumbrar la igualdad. Los fenicios fuimos un
pueblo que viajó por varios mares, hospedados y
acogidos en miles de puertos. Todo ello hacía que
nuestros pensamientos se expandieran, y veía de
manera asombrosa cómo se rompían creencias que
nos quedaban caducas, o nos empobrecían.

Agradezco a los mares que me presentasen
otras vidas, otras necesidades, y diferentes inquietu-
des; pues me nació con todo ello un sentimiento del
deber que hasta entonces desconocía.

REMO XIV

La calma suaviza y apacigua adversidades. Permite disfrutar de la serenidad, y de querernos conocer más. Todo así sucederá de una manera equilibrada, y de forma natural.

Este remo trae talladas palabras que en todo viaje te hacen avanzar.

ARMONÍA

«Quién vive en armonía no teme la soledad».

DOMÉNICO CIERI

Recuerdo que fue una noche en alta mar, mirando la parpadeante luz de una estrella: la primera vez que fui consciente de una conversación con mi interior. Además, escuchándome, aceptándome y comprendiéndome. Me sonreí, acababa de conectar con mi yo más profundo; y os tengo que decir que desde entonces, cuando veía tambalear mi equilibrio, era mi refugio para recuperar la armonía y volver a mi centro. Y así lo fui ejercitando, como ese trapecista que tiene su equilibrio gracias a su gran trabajo y confianza en él mismo.

Desde entonces comencé a apuntar en un pequeño cuaderno que siempre llevo conmigo unas palabras subrayadas a tener en cuenta, cuando mi armonía viese alejar. Identifica esos momentos que te hacen perder tu equilibrio y te ves casi sin darte cuenta tambalear; solo así apreciarás de dónde viene todo ello, y podrás entender cualquier contrapeso o contratiempo, y serás capaz de nivelarlo hasta encontrar tu estabilidad.

REMO XV

Hay pasiones, deseos e intrigas que abrirán puertas en tu vida, que deberás controlar y dominar para tomar el camino por el que quieras avanzar.

Este remo trae talladas palabras que en todo viaje te hacen avanzar.

CONOCIMIENTO

> «Una inversión en conocimiento siempre paga con los mejores intereses».
>
> BENJAMIN FRANKLIN

Recuerdo que desde niño mi padre me decía que el poder más poderoso que debía cultivar día a día era el del conocimiento. Que me haría desenvolverme en la vida, daría luz a mi camino, y en cualquier momento crucial e inesperado me mostraría tablas para buscar soluciones, ayudándome a superar cualquier situación.

Y en el alfabeto fenicio tengo que confesaros que encontré lo que movilizó a mi pueblo a crearlo. Para que letras prensadas dieran eco a otras voces, y nunca fuesen olvidadas. Esas las primeras consonantes de la historia, nacidas de símbolos y dibujos atesorados y protegidos por sabios escribanos. Hablaban del conocimiento ancestral. Y allí encontraron algo poderoso que vieron esencial que se añadiese a cada letra para seguir ampliando conocimiento a lo largo de los siglos: que todo conocimiento adquiere su belleza cuando se fusiona con los sentidos, y así trasciende al conocimiento pleno.

RECONCILIACIÓN

«La reconciliación es la manera más rápida de cambiar tu vida».

MARK HART

La única manera de reconciliarme conmigo y con los demás, para sentirme bien y avanzar con claridad, la encontré envuelta en saber pedir perdón, con humildad y con todo mi corazón. Y os tengo que decir que lo descubrí en los bosques del Líbano, que me enseñaron, con el código secreto de su silencio, a conocer mis limitaciones y debilidades, al tiempo que con su acogida aprecié el bienestar que te aporta mirar a tu alrededor desde la paz y la tranquilidad.

REMO XVI

Hay señales, como desacuerdos, peleas, rupturas, o el no poder realizar determinados proyectos, que te dicen: «pon atención a lo importante que es que actúes con prudencia. La aceptación es el primer paso para toda superación».

Este remo trae talladas palabras que en todo viaje te hacen avanzar.

INTUICIÓN

«La intuición es el susurro del alma».

KRISHNAMURTI

Os confieso que, junto a mi brújula y al mapa diseñado para esos viajes por infinidad de puertos, siempre añadía una curiosa hoja de ruta, de tamaño medio, y seguro que para muchos insignificante y extraña. En su lateral, arriba, escribía mi nombre, y el resto del mapa aparecía con un relieve todo en blanco. Mi más fiel guía, pues allí anotaba direcciones exactas que mi alma dibujaba para llevarme por segundos al destino que mi propia intuición guiaba. Allí se asentaban mis valores, que hacían ver con nitidez mis tomas de decisiones.

SENSIBILIDAD

«Yo nunca seré de piedra, lloraré cuando haga falta, gritaré cuando haga falta, reiré cuando haga falta, cantaré cuando haga falta».

RAFAEL ALBERTI

Las personas más auténticas que he conocido mostraban sin ningún reparo su sensibilidad. Abrazaban, lloraban, reían y sentían con la misma naturalidad con la que expresaban sus sentimientos, sin juzgar, sin corazas, y con una calidez y delicadeza especial.

Gente apasionada, relajada, con una gran seguridad, y que no se avergonzaban por ello, sino que desde su autenticidad, te hacían ver que vivían desde el corazón. Y se apreciaba en sus miradas y sonrisas un brillo parecido al que desprenden los rayos que dan vida del sol.

REMO XVII

Intenta que la influencia positiva y beneficiosa endulce los momentos difíciles. Es una ruta que materializa anhelos, además de la fe y la esperanza que tanto contribuyen en tu destino. Y te dicen al oído: «confía».

Este remo trae talladas palabras que en todo viaje te hacen avanzar.

ESPERANZA

«La esperanza es pasión por lo posible».
Soren Kierkegaard

La esperanza nos sostiene en los momentos cruciales de la vida. Es vital para la supervivencia humana. Debemos cultivarla en nuestra mente, regarla con pensamientos positivos, y la veremos florecer en nuestros amaneceres. No temas a las noches oscuras, porque tienen el poder de abrazarte y susurrarte, que nunca te abandonará, y que te impulsará a actuar, te motivará, y te hará ver opciones para que tomes la mejor de tus decisiones.

EXPERIENCIA

«La experiencia no es lo que te sucede, sino lo que haces con lo que te sucede».
ALDOUS HUXLEY

Si en el remo tallé la palabra «experiencia», fue porque me mostró una llave mágica que quiero compartir. Me desveló que tenía un gran poder. Me hizo mirar a mi pasado, y a cada de una de mis vivencias más significativas, por ser importantes, detonantes o decisivas en el rumbo de mi vida. Curiosamente, todas ellas tenían un lenguaje que con un código secreto hablaba y movilizaba a mis más profundas emociones, necesidades, retos, o a muchos de mis sueños. Y con los años entendí que todo en la vida es aprendizaje; cada uno de los acontecimientos vividos, saboreados y superados, me hizo conocerme, nutriendo y haciendo crecer a mi persona, y dándome una curiosa luz para seguir mi gran aventura.

REMO XVIII

Imagina, y sumérgete en el mundo de los sueños e ilusiones. Debes confiar en tu intuición, y así verás efectuarse cada uno de tus propósitos forjados.

Este remo trae talladas palabras que en todo viaje te hacen avanzar.

SUPERACIÓN

«Un héroe no es más valiente que cualquier otra persona, solamente es valiente cinco minutos más».

RALPH WALDO EMERSON

Aunque nos cuesta aceptarlo, los obstáculos y tropiezos forman parte de una vida. Y solo cuando se es consciente de ello, encontramos unos códigos secretos, que silenciosos y misteriosos son capaces de levantarnos, activando en nosotros fortalezas irreconocibles hasta ese momento, talentos y destrezas que parecían haber estado dormidas, hasta que un obstáculo superado nos ha hecho reconocernos, desvanecer limitaciones, confiar más en nosotros, y dejar así de temer que alguna barrera o freno no nos deje avanzar o crecer.

BONDAD

«El único símbolo de superioridad que conozco es la bondad».

LUDWIG VAN BEETHOVEN

Cuando propuse en mi poblado transmitir mi legado a través de remos tallados, pareció abrirse un nuevo camino en aquellos frondosos bosques del Líbano. Como una fuerza poderosa, la amabilidad de mi pueblo por contribuir a que llegasen esas ánforas a otros puertos y otras vidas a lo largo de la historia, generó un aroma, una esencia de bondad, que despertó un color especial en mi vida, en sus vidas, y en los bosques. Pues lo que ellos ya compartían, querían que llegase -aunque su trabajo les costase- a futuras generaciones de la historia. Una virtud, la bondad, que transmite calma, y una gran plenitud como valor.

REMO XIX

Siempre hay oportunidades para que puedas triunfar. El éxito está en todos los terrenos, y da acceso a toda expansión fructífera y duradera. Busca tus cualidades para así trazar y alcanzar tus objetivos. Aparecerá ante ti una energía creadora, que te abrirá las puertas a la comprensión. Confía además en tus propios valores, y reflejarás tu propia luz. Ahí reside el éxito.

Este remo trae talladas palabras que en todo viaje te hacen avanzar.

SINCERIDAD

«Serás capaz de hablar bien si tu lengua puede entregar el mensaje de tu corazón».

JOHN FORD

La sinceridad ensalza y gratifica el caminar por la vida. Y cuando somos capaces de desprendernos de ridículas corazas, miedos, vergüenzas, o falta de honestidad hacia nosotros y hacia los demás, nuestra vida cambia, y con ello nuestra realidad.

Brota de nuestro interior una gran liberación que nos hace avanzar ligero, y compartir con ilusión.

A toda la gente honesta y sincera que he conocido les une algo en común: son fuertes y valientes, con un gran coraje, y semblantes con grandes sonrisas que comparten con los demás.

AMISTAD

«Una de las cualidades más hermosas de la verdadera amistad es comprender y ser comprendido».

SÉNECA

En mis largos viajes por el mar, y en el trabajo al que he dedicado mi vida, a tallar esas simbólicas maderas en los frondosos bosques del Líbano, he tenido la gran fortuna de conocer grandes amigos.

Y es curioso, todos tan diferentes, pero al mismo tiempo, al sentarme junto a ellos algo indescriptible de explicar, y tan sencillo de sentir que les hacía

afines, y eran sus valores mas profundos de integri-
dad. Con todos ellos me sentía yo, sin necesidad de
dar explicaciones, nos sentíamos escuchados, queri-
dos, comprendidos y valorados.

REMO XX

Cada ser se renueva continuamente en su propio mundo. El dinamismo y el entusiasmo son remos de cambio.

Este remo trae talladas palabras que en todo viaje te hacen avanzar.

TRANSFORMACIÓN

> «El cambio es la única constante en el Universo».
>
> Isaac Asimov

Todo en la vida es movimiento, y muchas veces queremos congelar momentos sin pensar que ni debemos, ni es posible, luchar contra lo natural.

Si cada transformación o cambio, lo viésemos como una oportunidad en vez de como un peligro, navegaríamos por la vida con entusiasmo y curiosidad.

MISIÓN

«La vida nunca se vuelve insoportable por las circunstancias, sino por la falta de significado y propósito».

VIKTOR E. FRANKL

Si tu vida es insólita, monótona, o con falta de color, debes indagar hasta encontrar ese propósito que has venido a realizar.

Busca aquello en lo que te sientas cómodo, seas bueno, y disfrutes con ello. Son las pistas para esa misión que te está esperando en algún lugar. Será tan gratificante para ti como para los demás, que cerca tuyo lo puedan apreciar.

REMO XXI

El éxito te sorprende como un torbellino muchas veces en la vida. Es fruto de una merecida recompensa.

Este remo trae talladas palabras que en todo viaje te hacen avanzar.

VOLUNTAD

«Quien tiene la voluntad tiene la fuerza».

Menandro

La fuerza de voluntad procede de nuestro inconsciente, de ese profundo deseo que hace caso omiso en nuestro camino a cualquier obstáculo, ventisca, u oscuridad.

Debemos desarrollarlo como otro músculo más, y para ello debemos pararnos y observar cómo damos respuesta a cada una de nuestras experiencias y vivencias. De ahí la importancia de mirar hacia dentro, solo entonces seremos capaces de dar respuesta a cada una de nuestras preguntas.

Hay miles de propósitos que ves cómo se desvanecen en el aire, o se desinflan casi al tiempo de nombrarlos o accionarlos. Y en todos ellos he descubierto algo: que carecen de esa fuerza precisa, pues no son propósitos de vida, sino antojos, caprichos u objetivos de otros.

Sin embargo, si tu corazón palpita y vuela con tu mente, observa detenidamente, pues has encontrado un reto vital para tu crecimiento personal.

INICIATIVA

«No se puede formar el carácter y el valor del hombre quitándole su independencia, su libertad y su iniciativa».
ABRAHAM LINCOLN

El remo de la iniciativa te hará llegar al puerto que en tus sueños dibujes. Te pertenece. No creas que nace de la valentía únicamente, sino de cada uno de tus pasos que, con responsabilidad, serenidad y trabajo, te harán llegar a cada uno de tus puertos trazados.

Y te diré que como talismán he grabado en letras fenicias lo que para mí fue indispensable en cada uno de mis viajes: el entusiasmo. Y en las noches bravas en las que el mar te quiera dominar y achantar, agárrate con fuerza a este remo; te hará moverte con libertad. En el momento que borres de tu mente cualquier duda, miedo o inseguridad de no verte capaz de hacer frente al mar, descubrirás nuevas rutas. Y en cuanto abandones la vergüenza al fracaso o a pensar en tu fragilidad, remarás al ritmo de la fortaleza que se amoldará a cualquier ola de tu mar.

Tendrás que crear tus propios mapas y rutas, observando y siendo responsable de todo lo que se presente a tu alrededor. Así todo lo que a tu vida llegue no será por azar, sino por la creación de la vida que deseas vivir.

Tus XXI remos llevan grabados para cada uno de tus viajes, el sello del éxito y de tu proceso de transformación personal.

En *Libreyazul* nos dedicamos a fomentar la creatividad, la imaginación y la expresión emocional a través de talleres literarios. Nuestro objetivo es promover el pensamiento mágico y el poder de la expresión mediante la poesía como medio terapéutico.

Nuestro proyecto está enfocado en el desarrollo intelectual, cognitivo y afectivo, y es personalizado en función de las necesidades de cada persona o grupo.

Con nuestros talleres literarios, creamos un sentido de unidad entre los participantes de distintos países, instituciones y centros educativos, transmitiendo valores para la comprensión, tolerancia y eliminación de barreras sociales. Esto nos permite construir puentes entre culturas y fomentar la hermandad entre jóvenes. A través de la narrativa, el cuento y la poesía, gracias a nuestros diversos talleres, buscamos desarrollar el crecimiento personal y la expresión creativa de nuestros participantes. Nos guían valores como la diversidad y la inclusión, los cuales son fundamentales para nosotros y forman parte de todo lo que hacemos.

En nuestra página web, libreyazul.com, encontrarás información sobre cada uno de los talleres, actividades y proyectos que ofrecemos, así como recursos para el desarrollo de la escritura y la creatividad. Os animamos a uniros a nosotros en esta aventura literaria, en la que juntos trabajaremos por promover un mundo más inclusivo y diverso.

Notas

TUS XXI REMOS

Esta edición de *Tus XXI remos*
de Amparo Trujillo Molina,
se terminó de editar en Madrid,
en el mes de mayo de 2024